Para Romily

J. M.

Para Rory (que NO tiene problemas para dormir),

con cariño de la tía Lindsey

L. G.

BLUME

Título original:
When dragons are dreaming

Traducción:
Carolina Bastida Serra

Coordinación de la edición en lengua española:
Cristina Rodríguez Fischer

Primera edición en lengua española 2011
Reimpresión 2012

© 2011 Art Blume, S.L.
Av. Mare de Déu de Lorda, 20
08034 Barcelona
Tel. 93 205 40 00 Fax 93 205 14 41
E-mail: info@blume.net
© 2009 Orchard Books, Londres
© 2009 del texto James Mayhew
© 2009 de las ilustraciones Lindsey Gardiner

I.S.B.N.: 978-84-9801-489-1

Depósito legal: B-29.286-2012

Impreso en Bigsa, Granollers (Barcelona)

Cuando los DRAGONES Sueñan

James Mayhew ✳ Lindsey Gardiner

BLUME

Cuando llega la noche
y la luna ilumina el cielo,
los dragones sueñan
y las hadas alzan el vuelo.

Bailan bajo las nubes y las luminosas estrellas.

Se mecen en las ramas

y juegan con las hojas.

Pero un pequeño dragón,
acurrucado junto a su mamá,

no puede dormir,

por más vueltas que da.

Mira a las hadas
que ríen y juegan

¡y decide salir
a jugar con ellas!

—¡Cuidado! —gritan las
hadas, echando a volar.
—¡Esperad! —dice el dragón—.
¡Sólo quiero jugar!

Las ramas hacen ¡crac!

y con el tronco tropieza,

el pobre dragoncito

se golpea la cabeza.

—¡Eres torpe y grandote!
—gritan las hadas.
—¡Vete a casa a dormir!
Parecen enfadadas...

Pero Campanilla Azul,
la más pequeñita,

cae en una telaraña,

se asusta mucho y grita.

Pero aquí llega un héroe
que salvará al hada.

Y es que para los dragones
¡una araña no es nada!

Vuela rápido hasta el árbol
y la libera de la trampa.

—Gracias, dragoncito.
¡Por poco se me zampa!
—le susurra Campanilla,

y se acerca
a darle un beso
en la mejilla.

Y juegan en las ramas

y corren a toda prisa,

y llegan a las estrellas
mecidos por la brisa.

El dragoncito, cansado,
ya se quiere acostar,

dice adiós a su amiga

y regresa a su hogar.

Se acurruca con su mamá
y se duerme mirando el cielo.
Cuando los dragones sueñan
las hadas alzan el vuelo.